Die verzauberte Insel

Sigrid Heuck

Die verzauberte Insel

Mit Illustrationen von
Edith Witt-Hidé

Thienemann

CIP-Kurztitelaufnahme der Deutschen Bibliothek

Heuck, Sigrid:
Die verzauberte Insel / Sigrid Heuck. –
Stuttgart; Wien: Thienemann, 1987
ISBN 3 522 15120 8

Gesamtausstattung Edith Witt-Hidé in Saint Raphael
Satz Uhl + Massopust in Aalen
Schrift Garamond
Reproduktionen Repro GmbH in Kornwestheim
Druck Gutmann + Co. in Heilbronn
Bindung Wilhelm Röck in Weinsberg
© 1987 by K. Thienemanns Verlag in Stuttgart – Wien
Printed in Germany. Alle Rechte vorbehalten.
5 4 3 2 1

Irgendwo im Mittelmeer liegt eine Insel, von der viele Menschen glauben, daß sie verzaubert sein könnte. Einiges spricht dafür.

1. Aus unerklärlichen Gründen verbrennen dort immer wieder Bäume. Das ist doch ziemlich merkwürdig, und wer da behauptet, daß sie jemand aus Unachtsamkeit anzündete oder ein Funke entstanden sein könnte, weil ein Sonnenstrahl durch eine Glasscherbe fiel, dem kann man erst glauben, wenn er es bewiesen hat.

2. Diese Insel ist fast immer von einem wunderbaren Duft umgeben. Obwohl nur kleine, unscheinbare Kräuter dort wachsen, duftet es weit übers Meer, so als ob sie ein großer Blumengarten sei.

3. Es gibt viele Felsen dort, die für alle, die einen Blick dafür haben, unschwer als versteinerte Ritter zu erkennen sind. Hie und da ist auch ein versteinertes Pferd dabei. Versteinerte Menschen und Pferde waren aber schon immer untrügliche Zeichen für eine Verzauberung.

4. Fast auf jedem Hügel stehen uralte, halbverfallene Türme. Überhaupt gibt es eine Menge Burgruinen und verlassene Häuser dort. Ist das nichts?

5. Unter den Inselbewohnern geht ein merkwürdiges Gerücht um. Es handelt von einem König, der von einer bösen Hexe verwünscht worden sein soll. Und weil in einem Gerücht immer alles viel schlimmer gemacht wird, als es vielleicht einmal war, ist der verwunschene König

im Laufe der Zeit immer größer
geworden und größer und größer.

Angeblich soll er jetzt ein Riese sein.
Und wer nun immer noch nicht glaubt, daß
diese Insel verzaubert ist, der hat keine
Phantasie.

Auf dieser Insel war Mira zu Hause. Mira
war ein kleines, schwarzhaariges Mädchen,
das meistens barfuß lief. Sie lebte mit ihrer
Familie in einem Haus in den Bergen. Das
Haus sah so aus wie viele Häuser auf der
Insel. Es war schon ein wenig brüchig, hatte
ein Dach aus gewölbten Ziegeln, vor der
Türe stand ein alter Ziehbrunnen und hinter
dem Stall ein Kastanienbaum.

So wie die meisten Menschen auf dieser Insel
lebte Miras Familie von dem Verkauf der
Korkbaumrinde. Jeden Tag zogen der Vater

und die Brüder hinauf in die Berge.
Behutsam schälten sie Rinde von alten
Korkeichenstämmen, packten sie in große
Bündel, die sie auf dem Rücken eines Esels
in die nächste Hafenstadt brachten, wo sie
sie einem Händler verkauften. Von dem
Geld, das sie dafür bekamen, kaufte der
Vater dann Zucker, Salz, manchmal auch
Unterhosen oder Haar-Shampoo und sonst
noch alles, was eine Familie so braucht. Ab
und zu brachte er Mira ein paar Süßigkeiten
mit, denn für kleine Mädchen sind
Süßigkeiten sehr wichtig, auch wenn ihre
Mütter oft anderer Meinung sind.
Bei Mira, ihren Eltern und ihren Brüdern
lebte noch der Großvater in dem kleinen
Steinhaus am Berghang. Und in dem Stall
hinter dem Haus lebten die Ziegen. Mira

liebte die Ziegen. Es waren drei. Die eine war nur dann schneeweiß – wenn sie nicht gerade im Mist gelegen hatte. Ihre Augen waren dunkel, und sie meckerte immer besonders frech. Der Großvater hatte ihr den Namen »Gloria« gegeben. Die zweite hatte ein braunes Fell und einen schwarzen Streifen auf dem Rücken. Sie besaß besonders lange, gebogene Hörner und war immer munter und lustig. Die Mutter hatte sie »Klang« getauft und rief sie oft auch »Klangelang« nach dem Ton der kleinen Glocke, die um ihren Hals hing.

Die dritte war schwarz wie eine Neumondnacht. Sie hatte goldgelbe Augen und einen langen Bart. Ihre Glocke hatte den hellsten Ton, und deshalb rief Mira sie »Kling« und wenn sie lieb war auch »Klingeling«.

Für Mira war der Sommer die schönste
Jahreszeit. Dann zog sie mit »Kling«,
»Klang« und »Gloria« in die Berge hinauf.
Sie paßte auf, daß die Ziegen sich nicht
verliefen, führte sie an Plätze, an denen
besonders gute Kräuter wuchsen und hüpfte
mit ihnen um die Wette. Wenn sie müde
wurde, legte sie sich flach auf den Boden,
betrachtete die vorbeiziehenden Wolken und
versuchte auf einem, zwischen die Daumen
gespannten Grashalm ein Lied zu spielen.
Sie redete oft laut mit Kling, Klang und
Gloria, und wenn sie dann meckerten, dann
glaubte das Mädchen fest, daß sie ihm damit
geantwortet hätten. Morgens konnte Mira es
kaum erwarten, bis die Mutter mit dem
Melken fertig war und sie die Ziegen aus
dem Stall lassen durfte. Sie störte sich auch

nicht daran, wenn der freche Tullio, der
nebenan wohnte, »eins, zwei, drei – eins,
zwei, drei, Ziegen-Mira geht vorbei!« hinter
ihr her schrie.

Zur Mittagszeit traf sie sich mit dem
Großvater beim alten Turm oben auf dem
Berg. Er brachte ihr dann das Mittagessen
und leistete ihr ein wenig Gesellschaft. Dort
oben ging fast immer ein kühler Wind, und
im Schatten des alten Gemäuers war für drei
Ziegen, ein kleines Mädchen und einen
Großvater gerade Platz genug.
Eines Mittags entdeckte Mira in der Ferne
ein Feuer. Die Flammen tanzten auf und ab,
wurden einmal größer und dann wieder
kleiner. Über ihnen stieg eine dünne
schwarze Rauchfahne in den Himmel.
»Was ist das?« fragte Mira den Großvater.
»Das ist ein brennender Korkeichenbaum.«
»Wer hat ihn angezündet?«
»Das weiß ich nicht.«
»Warum weißt du das nicht?«

»Niemand weiß das, aber viele vermuten, daß unsere Insel verzaubert ist.«

»Ist das wahr?«

»Liebe Mira«, der Großvater erhob seine Stimme. »Großväter lügen fast nie. Und nur selten, wenn sie eine Geschichte erzählen.«

»Erzählst du jetzt eine Geschichte?«

»Wenn sie jemand hören will, gern.«

»Ich würde sie gern hören und Kling, Klang und Gloria sicher auch.«

»Also gut. Du weißt doch, daß manche Felsen wie versteinerte Ritter aussehen?«

»Ja, ja. Hinter unserem Haus steht einer mit einer langen gebogenen Nase!«

»Sie sollen alle verzaubert sein«, sagte der Großvater. »Und die alten Korkeichen auch. Nur den Duft, den hat man vergessen.«

15

»Wer hat ihn vergessen?«

Da wurde der Großvater ärgerlich. Jeder
Großvater, der eine Geschichte erzählen will
und dabei dauernd unterbrochen wird, wäre
hier ärgerlich geworden.

»Wenn du jetzt nicht still bist, dann,
dann . . .«

»Ich bin ja schon still und Kling, Klang und
Gloria sind es auch. Aber sag mir nur schnell
noch, von wem die Geschichte handelt?«

»Von einem König und einem kleinen
Mädchen, das Mira heißt, und natürlich von
drei Ziegen.«

Da rief Mira empört: »Das geht nicht! Mich
und die Ziegen gibt's nur einmal auf der
Welt!«

Der Großvater zog seine Uhr aus der
Tasche. Sie war zwar schon alt, doch ihr

Deckel war immer noch blank wie ein
Spiegel.

»Sieh da hinein!« sagte er und hielt sie dem
Mädchen vor die Nase.

»Was siehst du?«

Mira sah ein Mädchen mit dunklen
zerzausten Haaren, und als sie ihm
zulächelte, lächelte es zurück. »Mich selbst
natürlich.«

»Siehst du, das ist die andere Mira«, sagte
der Großvater. »Die Spiegel-Mira
sozusagen.«

»Dann sind es auch Spiegel-Ziegen und eine
verzauberte Spiegel-Insel, die ganz genau so
aussieht wie die, auf der wir leben!« rief das
Mädchen entzückt.

»So ist es«, bestätigte der Großvater ihr.

»Aber wenn du weißt, wie alles verzaubert

wurde, weißt du dann auch, wie alles erlöst
werden kann?«

Das war dem Großvater dann doch zu viel.
»Also hörst du jetzt zu oder nicht?« Doch
als ihn Mira erschrocken ansah, war er gleich
schon wieder besänftigt. Er zündete sich
eine Pfeife an, so, wie sich das für einen

Großvater gehört, der eine Geschichte
erzählt und begann:

»Vor langer Zeit lebte auf dieser Insel ein
braver und tüchtiger König. Er wohnte in
einem Schloß, wie sich das für einen echten
König gehört, und das Volk verehrte ihn
sehr. Obwohl ihm das Regieren oft sehr
lästig war, regierte er zur Zufriedenheit aller.
Doch jede freie Minute und den ganzen
Urlaub verbrachte er in seinem Garten, denn
nichts liebte er mehr als Blumen. Seine
Rosen galten als die schönsten Rosen der
Welt, und seine Nelken waren mindestens
so schön. Der Duft all dieser Blumen,
Bäume und Sträucher umgab die Insel, und
manchmal trug ihn der Wind sogar weit
übers Meer bis an ferne Küsten. Zahlreiche
Untertanen waren damit beschäftigt, die

Pflanzen zu gießen, die Beete vom Unkraut freizuhalten und die Kieswege zu rechen. Das war viel Arbeit, aber sie taten sie gern. An schönen Aussichtspunkten ließ der König Türme bauen oder auch kleine Burgen, und wenn er in seinem Garten lustwandelte oder spazierenritt, dann ruhte er sich dort aus, ließ sich Tee oder Orangensaft bringen und knabberte süße Törtchen.

Eines Tages eröffneten ihm die Minister, daß es allmählich Zeit für ihn wurde, sich zu verheiraten, damit ein Sohn oder eine Tochter die glückliche Herrschaft weiterführen könnte und das Volk nicht arbeitslos würde. Eigentlich wäre der König sein ganzes Leben lang viel lieber im Garten spazierengegangen, aber weil es seine Untertanen nun einmal

wünschten, begann er sich nach einer
Prinzessin umzusehen, die ihm gefiel.
Vielen Prinzessinnen und vor allem ihren
Müttern wäre der König als Ehemann sehr
willkommen gewesen, denn er war jung und
hübsch anzusehen. Doch ihm gefielen sie
alle nicht. Die eine war zu dick und die
andere zu mager. Die dritte hatte zu große
Füße und eine vierte einen zu dicken Busen.

Zur selben Zeit herrschte auf einer
Nachbarinsel ein anderer König, der
ziemlich giftig auf den König mit dem
Blumengarten war. Niemand, nicht einmal
der klügste Minister konnte sich erklären,
warum er ihn nicht leiden konnte. Es war
eben so und damit basta.«

»Vielleicht mochte er den Blumengestank
nicht«, unterbrach Mira den Großvater. Ihr
war nämlich eingefallen, daß sich
Knoblauchesser und Nicht-Knoblauchesser
auch oft nicht ausstehen können.

»Blumengestank!« brummte der Großvater
beleidigt und zündete sich ein zweites Mal
die Pfeife an. »Den köstlichen Duft nennst
du Blumengestank!« Doch dann beruhigte
er sich wieder und fuhr fort: »Dieser
Nachbarkönig hatte eine Tochter, von der

das Gerücht ging, sie sei schöner als alle
Blumen der Welt. Unser König wollte das
nicht glauben. Doch weil er ein bißchen
neugierig war, versuchte er die Prinzessin
heimlich zu sehen. Eines Tages, als sie mit
ihren Hofdamen in der Nähe der Insel
spazierensegelte, gelang ihm das auch. Und
wirklich, ihre Schönheit übertraf alle Rosen,
Nelken, Schlüssel-, Glocken- und
Gänseblümchen, die er kannte. Natürlich
beschloß er sofort, diese und keine andere
zu seiner Königin zu machen, nur hatte die
Sache leider einen Haken: Niemals würde
der feindliche Nachbarkönig seine
Einwilligung zu dieser Heirat geben.
Niemals. Darüber war sich unser König
völlig im klaren, und weil ihm kein
anderer Ausweg einfiel, beschloß er

einfach, die Prinzessin zu entführen.

Er ließ sich noch einmal rasieren und die Fußnägel schneiden, dann bestieg er ein Schiff und verfolgte mit ihm das Boot der Prinzessin. Stolz segelte er an ihr vorbei, und weil er recht ansehnlich war, gefiel er ihr gleich auf den ersten Blick. Daraufhin entführte er sie. Das ging ziemlich einfach: Er ließ das Schiffchen von seinen Matrosen überfallen, die sofort anschließend die Prinzessin mit ihren Hofdamen raubten und auf seine Insel brachten.

Über diese Tat, und das ist verständlich, war der Nachbarinselkönig sehr erbost. Er sann auf Rache, und es dauerte auch gar nicht sehr lange, bis ihm etwas einfiel. In seinem Land lebte nämlich eine alte Zauberin, die ihm helfen konnte.

Um Mitternacht, als es stockfinster war und
der Wind um die Berge heulte, kochte die
alte Hexe eine giftige Hexensuppe, so wie
sich das gehört. Dann tanzte sie um das
Feuer, stieß schaurige Verwünschungen aus
und sang wilde Zauberlieder. Zum Schluß
aß sie selbst ihre Suppe. Nichts blieb in dem

26

Kessel zurück. Nicht der kleinste Tropfen. Das gab ihr die Kraft, die sie brauchte, um die Blumeninsel zu verwünschen. Den Garten verwandelte sie in ödes Land, auf dem nur noch kleine stachelige Kräuter gediehen. Der König wurde ein Riese und sein Schloß ein zu einem Berg aufgeschütteter Steinhaufen. Die Prinzessin und ihre Hofdamen aber verzauberte sie gleich mit, weil sie wußte, daß sie sich gern hatten rauben lassen. Ehe sie sich versahen, waren sie Korkeichenbäume. Damit sie sich aber recht einsam fühlen sollten, verteilte die Hexe sie über die ganze Insel. Die Hofleute, das Heer und die Minister aber ließ sie einfach versteinern, weil ihr da schon nichts besseres mehr einfiel. Danach war sie müde. Sie legte sich hin und schlief ein.

Glücklicherweise hatte sie aber den Duft der
Blumen vergessen. Der hüllte die Insel
immer noch ein. Und das erinnerte die
Bewohner immer an das alte Gerücht von
dem König und seinem Garten, der schöner
gewesen sein sollte als alle Gärten der Welt.«
Der Großvater schwieg. Über die warmen
Steine huschte eine Eidechse, und die
Grillen zirpten im Gras. Während er
erzählte, hatten ihm die Ziegen so
aufmerksam zugehört, als hätten sie jedes
Wort verstanden.

»Das ist doch noch nicht das Ende der
Geschichte?« fragte Mira enttäuscht.

»Nein, aber jetzt kommt das Mädchen ins
Spiel.«

»Die Spiegel-Mira?«

»Und ihre Spiegel-Ziegen.«

Umständlich stopfte sich der Großvater eine neue Pfeife.

»Also, die Spiegel-Mira brauche ich dir nicht näher zu beschreiben und Kling, Klang und Gloria auch nicht. Während des Sommers zogen sie in die Berge. Spiegel-Mira paßte auf, daß die Ziegen sich nicht verliefen, führte sie an Plätze, an denen besonders saftige Kräuter wuchsen und hüpfte mit ihnen um die Wette. Dabei unterhielt sie sich oft mit Kling, Klang und Gloria, denn sie verstand die Sprache der Ziegen.«

»Oh«, schrie Mira entzückt. »Wirklich! Sie konnte mit ihnen reden?«

»Wenn ich es sage, kannst du es glauben«, versicherte ihr der Großvater.

»Dann erzähl weiter!«

»Zur Mittagszeit traf sich Spiegel-Mira

immer mit ihrem Spiegel-Großvater beim
alten Turm oben auf dem Berg. Er brachte
ihr etwas zum Essen und leistete ihr ein
wenig Gesellschaft. Eines Tages
beobachteten die beiden ein Feuer in der
Ferne, und als das kleine Mädchen den
Großvater danach fragte, erzählte er ihr die
Geschichte von der verzauberten Insel, den
brennenden Korkeichenbäumen und den
versteinerten Rittern.
›Und wo ist der Riese jetzt, und warum
brennen die Bäume?‹ fragte sie, als der
Großvater fertig erzählt hatte.
›Das weiß niemand.‹
Da beschloß sie sofort, mit Hilfe ihrer
Ziegen die Insel wieder zu erlösen. ›Wenn
wir nur wüßten, wie wir alles wieder
entzaubern könnten‹, sagte sie später, als der

Großvater sie verlassen hatte, zu Kling, ihrer Lieblingsziege. ›Wenn wir das wüßten, würde die Insel wieder zu einem blühenden Garten. Der König würde seine Prinzessin heiraten. Und jeder, der Lust dazu hat, fände Arbeit. Er könnte die Blumen gießen, die Beete umgraben oder die Kieswege rechen. Meinst du nicht auch?‹

›Mäh!‹ meckerte Kling, die Spiegel-Ziege, und das hieß ja.

›Aber was könnten wir tun?‹

›Mäh, mäh, mäh!‹ Das war ein langer Satz, und außer der Spiegel-Mira hätte ihn niemand verstanden, aber Kling war noch nicht am Ende: ›Mäh – mähmäh!‹

›Oh, ein Brief, das ist gut!‹ rief das kleine Mädchen. ›Und was soll ich schreiben?‹

›Mäh, mäh, mäh!‹

›Nicht so schnell! Du mußt es mir nochmal erklären!‹ Kling meckerte ziemlich rasch, und das war dann schwer zu verstehen. Es kam nämlich auf die Betonung an. ›Mähmäh!‹

An diesem Abend holte das Mädchen ihr Schreibheft, riß einige Seiten heraus und schrieb folgenden Brief:

An den Riesen (vormals Seine Majestät,
König dieser Insel)
Großer Steinhaufen (verwandeltes Schloß)
Lieber Riese! Meine Ziegen und ich wollen
Dir helfen, die Insel zu erlösen. Kannst Du
uns sagen wie? Gib mir bitte Bescheid!
Deine Mira

Diesen Brief schrieb sie noch zweimal ab.
Als sie am nächsten Tag wie sonst mit ihren
Ziegen den Berg hinaufkletterte, zeigte ihr
Kling einen alten Baum.
›Also hier meinst du?‹ fragte Mira. Sie nahm
das erste Briefchen und spießte es an einen
Ast, damit es der Wind nicht wegwehen
könnte.

›Mäh!‹ meckerte Klang, und das hieß: ›Gut.‹
Kling führte sie noch zu zwei anderen
Korkeichenbäumen, und an jeden steckte
Mira einen Brief. ›Hoffentlich findet sie der
Riese auch!‹ seufzte sie, als alle drei Briefe
untergebracht waren.

›Mäh!‹ meckerte Gloria, die sich sonst
zurückgehalten hatte, und das hieß: ›Ganz
sicher.‹ Aber auch Kling und Klang waren
recht zuversichtlich.

An diesem und dem folgenden Tag geschah
nichts Ungewöhnliches. Spiegel-Mira hütete
die Spiegel-Ziegen, traf sich wie immer mit
dem Spiegel-Großvater am alten Turm, aß
zu Mittag, hütete am Nachmittag weiter die
Ziegen und kehrte abends müde heim. Jeden
Morgen sah sie nach ihren Briefen, aber sie
hingen immer noch genau so an den

Zweigen, wie sie sie hingesteckt hatte. Sie wurden zwar ein bißchen von der Sonne gebleicht und einer riß an den Rändern aus. Aber die Nachricht war immer noch gut leserlich. Viele Tage später, vielleicht waren es fünf oder sieben oder auch elf, bemerkte das Mädchen eine kleine Veränderung an dem ersten Zettel. Er steckte nämlich umgekehrt auf dem Zweig. Sie nahm ihn herunter und sah, daß seine Rückseite mit riesigen ungelenken Buchstaben bemalt worden war.

AN MIRA
DIE INSEL KANN NUR VOM ZAUBER BEFREIT WERDEN, WENN DER BAUM GEFUNDEN WIRD, IN DEN DIE PRINZESSIN VERWANDELT WORDEN IST. DAS HAT MIR EIN VOGEL ERZÄHLT, DER

Hier hörte der Brief auf, weil kein Platz
mehr da war. Die Buchstaben waren einfach
zu groß für so einen kleinen Zettel. Für Mira
war es der Beweis, daß nur ein Riese sie
geschrieben haben konnte. Sie rannte schnell
zu dem nächsten Baum und wirklich, hier
fand sie die Fortsetzung.

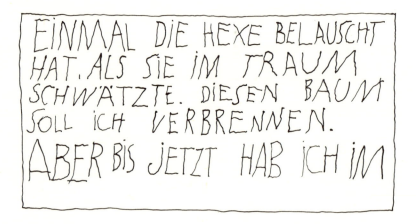

Wieder war der Brief zu Ende, und Mira
rannte zum dritten Baum. . . .

MER DIE FALSCHEN VERBRANNT. ES WAREN
BLOSS VERZAUBERTE HOFDAMEN, DIE ZWAR
ERLÖST WERDEN, ABER SO LANGE UNSICHTBAR
BLEIBEN MÜSSEN, BIS AUCH DIE PRINZESSIN
ERLÖST IST. UND MANCHMAL WAREN ES
NUR GANZ GEWÖHNLICHE KORKEICHEN=
BÄUME. DAS IST ALLES. ICH WEISS NICHT,
WIE DU MIR HELFEN WILLST.
DER UNGLÜCKLICHE RIESE,
VORMALS KÖNIG DIESER INSEL

Mira las den Ziegen die Briefe laut vor, denn
lesen konnten sie leider nicht.

Das war das Geheimnis: Der Riese
versuchte den Prinzessinnenbaum zu finden,
um ihn dann zu verbrennen. Da er aber
einem Baum nicht ansehen konnte, ob er
nur ein gewöhnlicher Baum, oder eine
Hofdame oder gar die Prinzessin selbst war,
und auch ein Riese alt wird, bekam er
allmählich Angst, daß er den richtigen nicht
mehr rechtzeitig finden würde und die Insel

dann für immer verzaubert bleiben müßte. Deshalb streifte er wild umher, tauchte einmal hier und einmal da auf und steckte wahllos alle Bäume in Brand.«

»Aber warum hat ihn denn niemand gesehen?« fragte Mira den Großvater.

»War er auch unsichtbar?«

»Vermutlich war er nur nachts unterwegs«,
sagte der Großvater.

»Und warum?«

»Vielleicht schämte er sich, weil er so groß
war.«

Damit mußte sich das Mädchen zufrieden
geben. »Und wie ging es weiter?«

»Ja, das wußte die Spiegel-Mira auch nicht,
und deshalb beriet sie sich mit ihren Ziegen.
›Mäh‹, meckerte Kling und ›mäh‹, meckerte
Klang und ›mäh‹, meckerte Gloria, und das
hieß soviel wie: ›Was ist da nur zu machen?‹
Am nächsten Mittag besprach Mira die
Geschichte mit dem Spiegel-Großvater,
denn ein Großvater hat oft sehr gute
Einfälle.

›Da bleibt nichts anderes übrig, als dem

Riesen zu helfen, den richtigen Baum zu finden‹, sagte er, nachdem er ein bißchen überlegt hatte. ›Vielleicht macht er etwas falsch?‹

›Das könnte sein‹, stimmte das kleine Mädchen ihm zu. ›Aber was macht er falsch?‹

›Mähmähmäh!‹ meckerte Kling dazwischen. ›Was ist denn mit der Ziege los?‹ fragte der Großvater erstaunt. ›Hat sie Bauchweh?‹ Denn natürlich konnte er sie nicht verstehen.

›Sie meint, daß man jeden Baum fragen müßte, ob er die Prinzessin oder eine Hofdame oder nur ein gewöhnlicher Korkeichenbaum sei‹, übersetzte Mira.

›Gar nichts wird er antworten. Er hat ja keinen Mund, mit dem er sprechen könnte.

Oder hast du schon einmal einen Baum
reden gehört?‹ Der Großvater lachte.
Aber die Spiegel-Mira ließ sich nicht
beirren.
Den ganzen Nachmittag streifte sie mit
Kling, Klang und Gloria kreuz und quer,
bergauf und bergab und fragte jeden Baum:
›Bist du die Prinzessin?‹
Und jedesmal kam es ihr so vor, als würde
der Baum ›nein‹ sagen. Aber vielleicht war
das auch nur der Wind, der die Äste hin-
und herschüttelte, bis die Blätter zu
rauschen begannen und der Stamm knarrte.
Das klang wie ein leises Seufzen, und dabei
war es vorher ganz windstill gewesen.
Das Seufzen klang schrecklich traurig.
›Vielleicht sollten wir sie anders anreden‹,
überlegte das Mädchen laut. ›Mit Euer

41

Hochwohlgeboren oder Hochehrenwerter Korkbaum? Wenn es nämlich wirklich einmal die Prinzessin sein sollte, fühlt sie sich möglicherweise beleidigt und gibt sich nicht zu erkennen?‹ Und weil die Ziegen das auch fanden, machte sie von nun an vor jedem Baum einen Knicks und fragte so

höflich sie konnte, ob er vielleicht die
Gesuchte sei. Aber alle schüttelten nur ihre
Äste.

Ab und zu kamen sie auch an verkohlten
Baumstümpfen vorbei. Doch da erübrigte
sich eine Frage.

›Was machen wir jetzt?‹ fragte Spiegel-Mira
die Spiegel-Ziegen, als es schon dunkel
wurde und es Zeit war, heimzugehen.

›Mäh!‹

›Ihr seid also für weitersuchen. Aber hier
haben wir doch schon alle Bäume gefragt!‹

›Mähmähmäh!‹ Kling war der Meinung, daß
man dann eben ein bißchen weiter weg
gehen müßte.

Da überlegte das Mädchen eine Weile, und
weil sie sich nun mal in den Kopf gesetzt
hatte, dem Riesen zu helfen, beschloß sie,

am nächsten Morgen loszuwandern.

Als sie an diesem Tag mit den Ziegen loszog, sagte sie dem Großvater, sie wolle lieber ihr Essen mitnehmen und ihn nicht beim Turm treffen. Er war damit einverstanden.

Dann schickte sie Kling vor. Die schwarze Ziege schnupperte, und als ihr der Wind einen besonders köstlichen Duftschwall in die Nase blies, fand sie, daß es wohl das Beste wäre, ihm entgegenzugehen. Mit lustig bimmelndem Glöckchen lief sie los. Klang, Gloria und Mira rannten hinter ihr her. Sie kletterten die Berge hinauf und auf der anderen Seite wieder hinunter. Sie wateten durch kleine Bäche oder sprangen von Stein zu Stein. Sie kamen durch ein verlassenes Dorf und durchquerten einsame Täler. Und jedem Baum, der auf ihrem Weg

stand, stellten sie die gleiche Frage:
›Hochehrenwerter Korkbaum, bist du
vielleicht aus königlichem Holz?‹
Die Ziegen meckerten einfach ›mäh‹, was
dasselbe bedeutete.
Doch alle Bäume schüttelten nur traurig ihre
Äste.
Ganz allmählich führte sie der Blumenduft
ins Innere der Insel. Immer einsamer wurde
die Gegend, immer höher die Berge und
immer häufiger fanden sie abgebrannte
Baumstümpfe auf ihrem Weg. Gegen Mittag
trafen sie einen alten Mann, der einen Esel
hinter sich her zog. Er war ein
Korkbaumrindensammler.
›Guten Tag‹, begrüßte ihn Mira.
Der Mann sah sie erstaunt an. ›Was willst du
denn hier?‹ fragte er sie.

›Bist du etwa von daheim weggelaufen?‹
Das Mädchen zögerte etwas und beschloß
dann, daß es wohl das Beste sei, wenn sie die
Frage umginge.
›Ich suche den Prinzessinnenbaum‹, erklärte
sie schnell. ›Und meine Ziegen helfen mir
dabei.‹

›Ach, die alte Geschichte‹, seufzte er. So ein Korkbaumrindensammler ist nämlich viel allein und macht sich so allerlei Gedanken über dies und das und auch über das alte Gerücht, das die Inselbewohner sich so erzählten. Er hielt es schon lange für möglich, daß an der Sache etwas dran war. ›Und du hast keine Angst, daß du dem Riesen begegnest?‹

›Doch, ein bißchen schon‹, antwortete Mira, denn vor einem Riesen darf ein kleines Mädchen schon ein bißchen Angst haben.

›Aber ich habe ja noch meine Ziegen, und außerdem ist der Riese ein guter Riese. Wir wollen ihm ja helfen.‹ Sie dachte an die Buchstaben auf ihren Briefen, die mindestens fünfmal größer als ihre eigenen gewesen waren, und schluckte.

›So‹, brummte der Mann, dann noch einmal:
›So, so. Und wo wollt ihr den Baum
suchen?‹

›Überall.‹ Das Mädchen streckte den Arm
aus und drehte sich einmal im Kreis um sich
selbst.

›Aber die Insel ist groß und Bäume gibt's
überall‹, gab ihr der Mann zu bedenken.
›Neulich sah ich sogar einen, der wuchs
mitten in einem verfallenen Turm. Wäre es
nicht besser für dich und deine Ziegen, wenn
du wieder heimgehen würdest?‹ Aber er
erwartete keine Antwort von ihr, sondern
drehte sich um und ging mit seinem Esel
weiter.

Doch Mira war ein eigensinniges Mädchen,
und darum schlug sie den Rat des alten

Korkbaumrindensammlers schnell in den
Wind. Von jetzt an kroch sie auch in jeden
Turm, an dem sie vorbei kam. Aber sie fand
höchstens einmal einen verlassenen
Kaninchenbau oder alteingesessene
Mäusefamilien, halbverdorrten Ginster und
ab und zu eine Fledermaus in ihnen. Da
wurde sie still und wahrscheinlich auch ein
bißchen mutlos. Sogar die Ziegen sprangen
nicht mehr so lustig umher, und ihre
Glöckchen hörten auf zu bimmeln. Gegen
Abend kamen sie an ein altes, von seinen
Besitzern längst verlassenes Haus, in dem sie
übernachten konnten. Mira aß ihr
mitgebrachtes Brot und trank die Milch
dazu, die die Ziegen ihr gaben. Kling, Klang
und Gloria hatten es einfach, denn sie
fanden genug Gras vor der Türe. Dann

legten sie sich hin und schliefen gleich ein,
und keiner von ihnen merkte, daß in der
Nähe des Hauses wieder einmal ein Baum in
Flammen aufging.

Von nun an hatten sie Mühe,
Korkeichenbäume aufzuspüren, die sie
fragen könnten, weil fast alle schon
abgebrannt waren.

Kling lief immer noch dem Blumenduft
nach. Sie zwängte sich durch den stacheligen
Buschwald, und Klang, Gloria und Mira
hatten große Mühe, ihr zu folgen. Sie
erkletterten jeden Hügel, von dem man
einen guten Ausblick haben konnte, um
auch ja keinen Baum zu übersehen.

›Bist du die Prinzessin, ehrenwerter
Korkbaum?‹

Aber es war vergeblich. Nur der Duft wurde

stärker und stärker. Wenn er nicht gewesen
wäre, hätte das Mädchen vielleicht
aufgegeben, doch so fiel ihr ein, daß das alles
früher einmal ein Garten gewesen sein sollte.
Vielleicht hatten hier die Rosenhecken
gestanden und dort die weißen Nelken?
Vielleicht hatten dahinten die Beete mit den
gelben und roten Tulpen gelegen, begrenzt
von den Büschen blühenden Jasmins?
Das Tal, in dem sie wanderten, wurde
allmählich immer enger und die Felswände
immer steiler. Plötzlich machte es einen
scharfen Bogen, und Kling blieb
erschrocken stehen. Das Ende der Schlucht
war nämlich wie ein riesiges Tor. Eine große
Anzahl Felsblöcke versperrte den Weg.
Hinter ihnen öffnete sich eine weite,
wüstenähnliche Ebene.

Zuerst fürchtete sich Mira vor den Felsen,
denn sie erkannte in ihnen versteinerte
Männer. Sie standen mit dem Gesicht der
Schlucht zugewandt, so als hätten sie im
Augenblick ihrer Verzauberung die Ebene
hinter sich bewacht. Aber dann erinnerte
sich das Mädchen an den steinernen Ritter
hinter ihrem Haus, dem sie schon so oft auf
der Nase herumgeklettert war. Niemals
hatte er eine Miene verzogen, und das
natürlich nur deshalb, weil er aus Stein war
und sie gar nicht verziehen konnte, auch
wenn er es gern gewollt hätte.
Vielleicht ist dieser hier der Minister für
Gartenbau, überlegte Mira, als sie sich
zwischen den Felsblöcken
hindurchzwängte.
Und jener dort, der Direktor der

Gärtnerschule oder der Inspektor für die Sauberhaltung der Kieswege. So sprach sie sich innerlich Mut zu.

Erst als sie die Gruppe hinter sich hatte, entdeckte sie in der Mitte der Ebene einen riesigen Steinhaufen. Er glich einem ausgeschütteten Eimer Kieselsteine, nur war er mindestens hundertfünfzigtausendmal größer und höher.

Doch als sie am Fuß des Steinhaufens angelangt waren, ertönte plötzlich ein Poltern und Donnergrollen, und die alleroberste Steine begannen, sich zu bewegen.

Es war der Riese persönlich, der auf den Trümmern seiner Burg hockte und traurig war.

›Mäh! Mäh! Mäh!‹ schrieen Kling, Klang

und Gloria entsetzt. Mira blieb völlig
erstarrt und mit offenem Mund stehen.
Kleine Mädchen können sich sicher den
Schreck gut vorstellen, den sie bekam.
Doch der Arme konnte ja nichts für seine
Größe. Da war das Gerücht daran schuld.
Jedesmal, wenn ein Inselbewohner einem
anderen die Geschichte von der
verwunschenen Insel erzählte, wuchs der
Riese ein Stückchen. Sein Gesicht war so
grau und so rissig wie die Steine, auf denen
er hockte. Haare und Bart sahen aus wie die
Büschel des strohgelben Grases, das den Fuß
des Steinhaufens bedeckte.
Es dauerte eine Weile, bis das Mädchen die
grollenden Worte verstand. ›Oh, oh, oh‹,
ächzte der Riese. ›Hab ich
Rückenschmerzen!‹

Das war kein Wunder, denn als König hatte
er immer nur auf gepolsterten Stühlen
gesessen und nie auf einem Steinhaufen.
Nachts hatte er in einem eigens für ihn
angefertigten königlichen Himmelbett
geschlafen und nicht auf dem harten Boden
der Ebene.

›Ich bin es!‹ schrie das Mädchen so laut sie
konnte zu ihm hinauf.

›Ich, die Spiegel-Mira, die dir einen Brief
geschrieben hat.‹

›Hast du die Prinzessin gefunden?‹ grollte
der Riese.

›Nein, noch nicht. Aber wir suchen weiter.‹
Da rollte eine große Träne über seine Backe
und stürzte zu Boden. Das war wie ein
salziger Quell, der in einem Wasserfall über
die Felsen nach unten rauschte.

›Niemand wird sie finden‹, jammerte der
Riese weiter. ›Ich nicht, du nicht und die
Ziegen erst recht nicht. Bevor nicht alle
Bäume auf der ganzen Insel verbrannt sind,
gibt es keine Erlösung.‹

›Aber das ist ja schrecklich!‹ schrie Mira
voller Entsetzen.

›Bitte, Herr Riese, will sagen Herr König,
Euere Majestät, laßt uns noch etwas Zeit.
Wir werden den richtigen Baum schon noch
finden!‹

›Nun gut, wenn du durchaus willst. Wer
kann einem kleinen Mädchen schon eine
Bitte abschlagen?‹ polterte der Riese.

›Aber anzünden muß ich ihn selbst, und
wenn du mich rufen willst, dann tu das mit
einem Grashalm. Du weißt ja, wie man ihn
zwischen die Daumen spannt?‹

Natürlich wußte Mira das. Das tat sie oft,
wenn sie sich langweilte beim Ziegenhüten.
›Du mußt dreimal pfeifen, dann bin ich da.
Dreimal genügt.‹

Nach diesen Worten fiel der riesige König in
eine Erstarrung, so als sei er sein eigenes
steinernes Denkmal.

Wenn ich das alles zu Hause erzähle, dachte
das Mädchen, dann lachen sie mich sicher
aus und rufen mich nur noch Lügen-Mira
statt Ziegen-Mira. Zu den Ziegen sagte sie
laut: ›Kommt weiter!‹ Sie umgingen den
Steinhaufen und überquerten die Ebene. Auf
der anderen Seite erreichten sie abermals
einen Gebirgskamm. Wieder zwängten sie
sich zwischen versteinerten Männern
hindurch, die talabwärts Wache standen. Sie
liefen und liefen, bis es dunkel wurde, aber

kein einziger Baum stand an ihrem Weg und
kein Haus, in dem sie übernachten könnten.
Mira, die den ganzen Tag lang noch nichts
gegessen hatte, pflückte sich einige Beeren,
und die Ziegen rupften ein wenig Gras.
Dabei entdeckte Gloria eine kleine Höhle.
Das Mädchen sammelte ein paar trockene
Zweige, und die Ziegen legten sich dicht
neben sie, damit sie nicht frieren mußte. Bei

Nacht war es nämlich schon ziemlich kühl
in den Bergen. Am anderen Morgen
wanderten sie weiter.

An diesem Tag war der Himmel grau und
düster. Die Ziegen, sonst immer zu
fröhlichem Gemecker aufgelegt, liefen still
neben dem Mädchen her. Mira war müde.
Die Füße taten ihr weh. Und immer noch
war weit und breit kein Korkeichenbaum zu
sehen. Zwischen den Steinen wuchsen nur
magere Büsche. Wenn der köstliche Duft
nicht gewesen wäre, hätten sie sicher den
Mut verloren. Auf einer Anhöhe machten
sie Rast. Von da aus konnten sie das Land
gut übersehen.

›Mäh!‹ meckerte Gloria. ›Dort ist ein See.‹
Auf Miras Seite gab es nur Büsche und
Steine, und Klang entdeckte in der Ferne die

Ebene mit dem Steinhaufen in der Mitte, weil sie in die Richtung blickte, aus der sie gekommen waren. Klingeling ließ lange nichts von sich hören. ›Mäh‹, meckerte sie zögernd.

›Ich glaube, daß Gloria nicht alles erzählt hat.‹

›Was!‹ rief die weiße Ziege empört.

›In dem See ist nämlich eine Insel, und auf der Insel steht ein alter Turm, und es sieht fast so aus, als wüchse ein Baum in seinem Inneren.‹

›Dann ist das vielleicht der Baum, von dem uns der alte Korkbaumrindensammler erzählt hat‹, stellte Mira fest. ›Sehen wir nach!‹

Doch als sie am Ufer des Sees standen, wußten sie nicht, wie sie zur Insel kommen

sollten, denn weit und breit war weder ein
Boot noch ein Floß oder sonstwas zu sehen,
das sie übers Wasser bringen könnte.

Kling, Klang und Gloria rannten am Ufer
entlang, und bald rief ihr fröhliches
Gemecker Mira auf die andere Seite des Sees.
Dort lagen einige Steine im Wasser, auf

denen man wie über eine Brücke auf die Insel gelangen konnte. Die Ziegen hüpften voraus, und das Mädchen mußte sich beeilen, um ihnen zu folgen. Bis zu dem Turm war es nicht mehr weit, und eigentlich hätten sie auch gleich dort sein müssen, wenn nicht eine dicke schwarze Wolke über den Berg gehuscht wäre. Ehe sie sich versahen, umhüllte sie Mira und die Ziegen so dicht, bis sie nicht mehr wußten, ob sie jetzt rechts oder links, geradeaus oder schräg gehen mußten, um zu dem Turm zu gelangen. Natürlich hätte es auch eine ganz gewöhnliche Gewitterwolke sein können, aber das Mädchen glaubte fest, daß sie ihnen von der Hexe geschickt worden war.

So irrten sie umher, und es hätte nicht viel gefehlt, dann hätten sie sich verloren.

›Mäh!‹ schrie Gloria kläglich. Von ihrer
Frechheit war nichts mehr zu spüren. Auch
Klang sprang nicht mehr lustig umher.
Einmal war auch Mira verschwunden, und
sie fand erst wieder zu den Ziegen zurück,
nachdem Kling so heftig mit dem Kopf
gewackelt hatte, daß das kleine Glöckchen
an ihrem Halsband laut bimmelte.
›Ich glaube‹, schnaufte das Mädchen zitternd
und keuchend, als sie wieder beieinander
waren, ›ich glaube, wir brauchen den
Riesen.‹ Und als die Ziegen das auch fanden,
pflückte sie einen Grashalm ab, spannte ihn
zwischen den Daumen auf und pfiff dreimal
so laut und so fest wie sie konnte. Der Pfiff
hallte über Berge und Täler, über die weite
Ebene bis zu dem Steinhaufen und dort in
die Ohren des Riesen. Er weckte ihn auf. Da

machte er einen Schritt und war am Rand der Ebene, und dann machte er noch einen Schritt durch das Tal. Der dritte Schritt brachte ihn auf die Anhöhe und der vierte bis an den See. Mit dem fünften erreichte er die Insel und stand neben Mira und den Ziegen, die für die gleiche Strecke zwei Tage benötigt hatten. Manchmal hat es eben auch Vorteile, ein Riese zu sein. Weil er aber doch ein bißchen keuchen mußte, blies er mit seinem Atem die dunkle Wolke fort.

Da stand auf einmal der Turm vor ihnen. Über seine Zinnen hinaus ragten die Äste eines Korkeichenbaumes.

So schnell sie ihre müden Füße trugen, lief Mira hin und fragte: ›Bist du die Prinzessin, Korkbaum?‹ In diesem wichtigen Augenblick hatte sie alle ihre höflichen

Anreden vergessen, und sie vergaß auch zu
knicksen.

Da ging ein Knarren durch den Baum, und
sowohl der Riese als auch Mira und die
Ziegen verstanden die Antwort klar und
deutlich. Sie hieß: ›Ja, ja – ich bin's. Habt ihr
aber lange gebraucht, um mich zu finden!‹
Böse Zungen würden sicher behaupten, es
sei nur der Bergwind gewesen, der den
Baum knarren ließ, und von einem ›ja‹
könnte nicht die Rede sein. Doch Mira hatte
inzwischen Erfahrungen im Verstehen der
Korkeichenbaumsprache gesammelt. Sie
konnte ein Ja deutlich von einem Nein
unterscheiden. Und der Riese erkannte
sogar in dem Knarren die sanfte Stimme
seiner Prinzessin. Jetzt schlug er rasch zwei
Steine aneinander, bis Funken stoben. Mit

den Funken entzündete er ein trockenes Ästchen und mit dem Ästchen den Baum. Und wie sein Holz so richtig hell lodernd brannte, erschien es Mira, als brenne das ganze Land ringsumher, als brenne die Insel und der Riese, die Berge und Täler, die große Ebene und der Steinhaufen. Es kam ihr so vor, als stünden alle kleinen stacheligen Büsche in Flammen und sogar die versteinerten Hofleute. Und dabei wußte sie doch, daß Steine nicht brennen können. Danach erlosch das Feuer langsam. Nachdem auch das letzte Fünkchen verglüht war, donnerte es noch einmal laut und ohrenbetäubend. Das war die alte Zauberin, die sich ärgerte, denn jetzt war die Insel erlöst.

Vor dem Riesen, der jetzt wieder ein König

geworden war, vor Mira und den Ziegen
stand mitten in einem Blumenbeet ein
wunderschönes Mädchen. Mira wußte
nicht, was sie schöner fand, die Blumen oder
die Prinzessin. Auch das steinerne Gefolge
des Königs war wieder aus Fleisch und Blut,
und die Hofdamen erhielten ihre
menschliche Gestalt zurück, auch

diejenigen, die als Baum verbrannt waren.
Dort, wo vorher der riesige Steinhaufen
gelegen hatte, stand wieder das prächtige
Königsschloß.
Vor der Hochzeit ließ sich die Prinzessin
noch schnell eine neue Frisur machen, und
der König putzte sich besonders gründlich
die Zähne. Er setzte sich eine Krone auf den
Kopf und sie sich einen Kranz aus Blumen.
Und das Volk feierte mit ihnen ein riesiges
Fest. Zuerst feierten sie die Erlösung der
Insel und die Hochzeit des Königs mit seiner
Königin, dann wurde Mira gefeiert, weil sie
den richtigen Baum gefunden hatte und
Kling, Klang und Gloria natürlich auch.
Von nun an durfte Mira mit ihrer Familie im
Schloß wohnen, und die Ziegen wurden zu
königlichen Haus- und Hofziegen ernannt.

Sie durften überall herumlaufen, nur in den Garten durften sie nicht, weil Blumen nämlich ihre Leibspeise waren.

Fast jeden Tag ritten der König und die Königin in dem Garten spazieren, doch manchmal fuhren sie auch mit einer Kutsche. Kein Inselbewohner blieb arbeitslos, weil der König sie alle beschäftigen konnte. Auch die Türme wurden wieder hergerichtet, und manchmal kam Spiegel-Mira zum Tee und knabberte süße Törtchen mit dem König und seiner Frau, wobei sie die schöne Aussicht genossen.«

Solange der Großvater erzählte, hatten ihm Mira und die Ziegen aufmerksam zugehört. Immer noch trug der Wind den köstlichen Duft über das Land, und in der Ferne stieg

eine feine Rauchsäule in den Himmel.
Grillen und Eidechsen waren schon schlafen
gegangen.

»Die Spiegel-Mira hat die Spiegel-Insel vom
Zauber befreit, aber unsere hier ist doch
noch immer verzaubert«, stellte das
Mädchen nachdenklich fest.

»So ist es«, sagte der Großvater und klopfte
die Pfeife aus. »Ich glaube das auch, obwohl
viele Leute der Meinung sind, daß sich die
Bäume nur entzünden, weil ein
Sonnenstrahl auf eine Glasscherbe fällt, und
das, was du und ich für versteinerte Ritter
halten, sind für sie bloß verwitterte Felsen.«

»Und der Duft?«

»Sie behaupten, er stamme nicht von Blumen,
sondern nur von Kräutern wie Lavendel,
Thymian, Kamille und Pfefferminze.«

»Aber was ist mit der alten Geschichte, die man sich so erzählt?«

»Sie halten sie für ein Gerücht und ermahnen alle, die daran glauben, daß man Gerüchten gegenüber vorsichtig sein sollte«, erklärte der Großvater, während er aufstand und sich den Staub von der Hose klopfte, denn es war Zeit, wieder heimzugehen.

»Na ja, dann haben sie eben keine Phantasie«, sagte Mira, und Kling, Klang und Gloria meckerten laut, weil sie derselben Meinung waren.

Leseprobe aus:
Boy Lornsen, Der Hase mit dem halben Ohr
mit Illustrationen von Reinhard Michl

Es geschah
in der zweiten Maiwoche.
Die Kastanienbäume
hatten ihre Blätterhände ausgestreckt.
Die Vögel sangen um die Wette.
Die Menschen zeigten frohe Gesichter.
Und Felix hatte morgen Geburtstag.
Ein Geburtstag ist kein gewöhnlicher Tag.
Man wird ein Jahr älter
und darf sich etwas wünschen:
eine Mini-Eisenbahn, Legokästen,
ein ferngesteuertes Rennauto
oder einen Wellensittich.

Felix wünschte sich
einen lebendigen Hasen mit langen Ohren.
Nichts anderes.
»Felix«, sagte seine Mutter.
»Nun laß uns mal vernünftig
miteinander reden.
Hasen sind wildlebende Tiere,
die kann man nicht kaufen.
Nicht einmal in einer Tierhandlung.«
Und Molly, Felix' ältere Schwester, sagte:
»Hasen fühlen sich nur
in Wald und Feld wohl.
Es ist gemein,
sie in einen Stall zu sperren.«
Felix war beleidigt.
»Wer sagt denn, daß ich meinen Hasen
in einen Stall sperren will«,
rief er.

»Er darf bei mir im Zimmer
auf dem Bettvorleger schlafen,
und beim Essen
soll er auf meinem Schoß sitzen.«
»Das fehlt uns gerade noch!«
sagte Felix' Mutter.
Jetzt mischte sich Felix' Vater
in die vertrackte Hasenangelegenheit ein.
»Hör zu«, sagte er, »es gibt Dinge,
die kann man nicht kaufen.
Darum ist es besser,
man schlägt sie sich aus dem Kopf.
Wie wär's mit einem Kaninchen?

Ein hübsches Kaninchen können wir
sicher in einer Tierhandlung finden.«
»Ich will aber kein hübsches Kaninchen«,
antwortete Felix störrisch.
»Hasen haben längere Ohren
und können schneller laufen.«
Mutter war mit ihrer Geduld am Ende.
»Was nicht geht, geht nicht«,
sagte sie.